弋兴海 著

闻到酒香
就醉了

辽宁人民出版社

© 弋兴海　2022

图书在版编目（CIP）数据

闻到酒香就醉了 / 弋兴海著 . —沈阳：辽宁人民出版社，2022.11
　ISBN 978-7-205-10671-3

　Ⅰ.①闻… Ⅱ.①弋… Ⅲ.①诗集—中国—当代 Ⅳ.①I227

中国版本图书馆 CIP 数据核字（2022）第 230906 号

出版发行：辽宁人民出版社
　　　　　地址：沈阳市和平区十一纬路 25 号　邮编：110003
　　　　　电话：024-23284321（邮　购）　024-23284324（发行部）
　　　　　传真：024-23284191（发行部）　024-23284304（办公室）
　　　　　http://www.lnpph.com.cn

印　　刷：辽宁鼎籍数码科技有限公司
幅面尺寸：130mm×210mm
印　　张：8.5
字　　数：129 千字
出版时间：2022 年 11 月第 1 版
印刷时间：2022 年 11 月第 1 次印刷
责任编辑：高　丹
助理编辑：刘　明
装帧设计：丁末末
责任校对：耿　珺
书　　号：ISBN 978-7-205-10671-3

定　　价：48.80 元

序言 醉翁之意不在酒

写诗是件出力不讨好的事。说"出力",是因为写诗很辛苦,很费脑筋,有时候,为了一个词要翻来覆去地斟酌、酝酿、修改,最终才能确定下来,所以才有"吟安一个字,捻断数根须"的说法;说"不讨好",是因为即使好不容易写出一首诗来,要么读者觉得空洞无物,要么觉得晦涩难懂,读着让人讨厌。就是偶尔发表几首有灵气的诗,也没有几个人记得住你。在这个物欲横流的时代,"诗人"越来越贬值。在古代,作诗是贵族人家的事,是很奢侈的。现今,能把诗歌当作事业(不是职业)的严肃诗人已不多见。在这个大背景下,弋兴海能在7年内连续出版3部诗集,实属难能可贵。

读弋兴海早期的诗歌创作,呈现出"朦胧诗"

的特点，可以看出是受北岛、舒婷、江河等诗人的影响。所谓朦胧诗，就是以内在精神世界为主要表现对象，采用整体形象象征、逐步意象感发的艺术策略和方式来掩饰情思，从而使诗歌文本处在表现自己和隐藏自己之间，呈现为诗境模糊朦胧、主题多义莫名的一些特征。在2014年到2016年间，弋兴海的诗歌开始注意到语言的诗意特质，开始讲究精练、暗示、含蓄，讲究意象的经营；即使是理性的思考、观念的传达，也能借助意象的运作而完成，具有了"朦胧"的诗味儿。这个时期，他的代表作有《时间》《在石板上钓鱼》《车站广场》《格格》《空间》《在一个早晨》《故乡正在消失》等。在《时间》里，他认为，时间是虚无的，又是真实的；岁月是流逝的，又是可以穿越的；用"模糊"的意象来感受时间流逝的无奈："时间的刻盘在虚无中／转动／形成有限的光阴／泥土溅在古猿身上／蜕变成人。喝着陈年老酒／在晨钟敲响的时候／岁月也一步步流逝／薄雾中／一切仿佛蒙上灰尘／一切都被固化／一切通向远古／想穿越吗／怎样穿越呢／没有答案"。在《在石板上钓鱼》里，他把"模糊朦胧、主题多义"的特征发挥到了极致："你的头和脚是分离的／

当你在故宫参观时／双脚却已在渥太华的／大街上漫步""夜深人静时，你拿起鱼竿／在石板上钓鱼／只做了一个简单的垂钓动作／许多鱼便跳进了你的脑海"。这种朦胧、夸张的笔触，使读者仿佛走进了一个忽明忽暗又变幻莫测、虚实交替的场景，使诗人所要表达的内心感受表现得一览无遗。

通过交流，兴海坦言，自2014年到2016年间，他先后购买了包括北岛、顾城、舒婷、西川、海子、欧阳江河、于坚、翟永明、臧棣、车延高、余秀华等中外优秀诗人的15部诗集，并发奋努力地研读。兴海的业余文学创作始于1976年，而真正系统地写作现代诗则是从2014年初开始的。最初的日子，他并不知道朦胧诗是什么，甚至连北岛的诗也看不懂。为此，他反复研读北岛等人的诗。他说，北岛的一部诗集几年来他一直带在身边，已经看了20多遍。其他诗集也都是不下几遍地阅读。同时，又在知网上下载了几十万字的关于朦胧诗等的诗歌鉴赏和评论资料，并埋头研学。这使他逐步进入了朦胧诗的诗域。作为一个金融人，兴海能在创作小说、散文、杂文等的同时从事诗歌创作，这不能不令人钦佩。

2016年以后，兴海开始转向哲理诗的创作。正像他在出版的第二部诗集《心灵河流》（2018年）自序中说的："写诗要有自己的风格。我理解就是要有自己的诗观。我有没有诗观？我的诗观是什么，或者怎样表述？如果说几年前我对这一问题还是模糊的话，那么几年过去了，我对自己的诗观大致有一个判断。我的诗观是这样表述的：诗人要用第三只眼看世界，要有辩证思维、社会责任和艺术高度。"

"要有辩证思维，就是说诗歌所揭示的内涵应当具有思辨性，应当给读者以辩证启迪和精神体验。"哲理诗一词源自西方，起源于古希腊。由于诗与哲学的共通点都是以透视万事万物的本质为天职，所以哲理诗是通过用不同议论的特点去揭示某事物本质演变规律，在叙述过程中"理玄"，有见地地以形象性和抒情性有机结合。这种诗内容深沉、浑厚、含蓄、隽永，多将哲学的抽象哲理蕴含于鲜明的艺术形象之中。

弋兴海诗歌创作由朦胧诗转向哲理诗，是有其自然性的。一是朦胧诗由20世纪70年代末80年代初走向繁荣，而后逐渐衰落。其原因是，这类诗晦涩、怪僻，叫人读了似懂非懂、半懂不懂，甚至完全不懂，因而失去了存在的必要和可能；放弃，是他最好的选择。二是兴海虽是银行专业出身，但读了4年大学的哲学专业，有着深厚的哲学功底（弋兴海2019年出版了18万字的《老百姓哲学简明读本》一书）。因此，由朦胧诗转向哲理诗，对他来说是顺理成章的事。

在弋兴海的短诗中，我认为《青苔》是一首不可多得的、可以与任何一首选入不同选本的短诗相媲美的哲理诗。"青苔"这一意象本身就具有丰富的历史和哲学意义："太阳打个盹儿／岁月就掉下一截儿／那些旅行的蚊子／总是漫不经心／所到之处／没有更多笑声／一些事物卷走了它的痴情／卷走了一些算计／留下的／只有风的巢穴／我们只身江湖／染上一些色彩／那些飘忽不定的石头／不会带来盐的味道／然而在他的指尖上／欲望消瘦了许多／转过头去／岩石保持沉默／那些用泪水腌制的陈年旧事／都汇入大海／只有一些被人遗忘的青苔／静静地铺满心底"。世间万事万物的发展是一个过程，人的生命的延续也是一个过程。岁月是无情的，在不经意间，人的一生即将过去。当你走到人生边上的时候，宠辱早已抛在脑后，一切都释然了："那些用泪水腌制的陈年旧事／都汇入大海／只有一些被人遗忘的青苔／静静地铺满心底"。此外，《古琴台》《渔舟》《书》《遇到的,都是醉雁》(组诗)等,在思辨性和艺术性上都是上乘的。如果说弋兴海早期的诗作还有些稚嫩、晦涩的话,那么现在,他的诗作在"辩证启迪和精神体验"方面则日趋成熟、完善。

金融专业出身的弋兴海,对金融业务驾轻就熟是很自然的,但他能用诗化的语言创作出《金融》(组诗),这不得不令人刮目相看。在这首100多行的组诗里,他用诗化的语言,把"商品""货币""信用""银行""股市"等这些枯燥无味的词语表现得惟妙惟肖;把"金融"与诗歌意象、哲学思辨等有机结合起来,并创造了一批精彩的句子和句群,读罢使人眼前一亮。如在"商品"一组中:"身外之物,有着光鲜的创作史,/有着难以想象的渗透度。"在"货币"一组中:"一艘航母的价值,被压缩成一张纸,/压缩成难以理解的轻。"在"信用"一组中:"信用,不再是老死不相往来,/而是聚集更大压力,奔赴更深刻内涵。"在"银行"一组中:"钱是用来玩的。玩到精辟处,数字说话。"在"股市"一组中:"背景是深刻的。那些涂了彩的土,只是瓷的坯子,/成品是否光鲜,看火候。"等。我敢肯定,随着时间推移,《金融》(组诗)所具有的知识、哲理、艺术魅力会愈加显现，并成为诗歌与金融完美组合的一个诱人的标志。

据兴海讲，从2021年到2022年，他重新研读了《唐诗三百首》里部分诗人的诗作（目前仍在研读），受其影响，一方面加深了他对唐诗的理解，一方面为他的创作注入了新的启示和活力。此外，受唐诗影响，弋兴海近年来的创作有了"复古"的味道，如《滕王阁》《杯中的酒，已被西风吹散》（组诗）《古琴台》《洞庭水》《春酌》《古来稀》等。在《滕王阁》里，弋兴海把现实体验与远古怀想契合得天衣无缝，真正是用"双重视野"和"第三只眼"在看世界，看到的是另一层灵性境界："就是一座楼／把赣江放在身边／听江风使唤／喝酒的人，身段放下／酒杯就长能耐了／春风轻抚，酒灌醉了李元婴／也灌醉了滕王阁／王勃写滕王阁时，世上已无滕王／可酒香一直都在／江风醒了，滕王阁就被众人拥入怀中／走出大唐的，不仅有滕王阁／还有滔滔江水上的酒香"。

其实，哲理诗一直都在。如中国北宋诗人苏轼的《题西林壁》："横看成岭侧成峰，远近高低各不同。不识庐山真面目，只缘身在此山中。"说明人们要认识事物的本质,就必须从不同角度去观察、体验,只有摆脱了主客观局限性,置身庐山之外,才能真正看清庐山真面目。俄罗斯诗人普希金的诗歌《假如生活欺骗了你》,全文表述了一种积极乐观而坚强的人生哲学态度,亲切和蔼:"假如生活欺骗了你,/不要悲伤,不要生气!/熬过这忧伤的一天:/请相信,欢乐之日即将来临……"当然,哲理诗要竭力避免概念化、空洞化,要在思辨中体现出诗歌的韵味和诗意;杜绝诗人扮演"业余的社会政治家、半吊子社会学家、不胜任的人类学家、平庸的哲学家及武断的文化史家"的现象发生。

在弋兴海的诗作中,也不乏白话诗的探索。如《人民公园》、《店面》、《武昌车站》、《小区即景》(组诗)等,都有着接地气的特质。如《店面》:"一个开张10年的店面关门了/招牌是醒目的。烫金的字,连店长也感到吃惊/音响激昂,祈祷是唱给店员听的/造势,手舞足蹈的背后,是/驻足,不是凝望/总是要出招的。那些中招的顾客,也是/另一个店面的出招人/市场就是这样,谁伺候得好,谁就有饭吃/关张的店面再次被打开/敲打在继续。不是破坏,是新生/店面用纤维板围起。无论如何/你都无法理解新任店主的意图／只有落在樟树上的麻雀，才能窥视／店内的一切。可惜，它并不能告诉我们，这个店面／将要经营什么或能经营多久，／而不至于再次关张。"白话诗从字面上看很"白"，通俗易懂，不费力气；但寓意很深刻，它可以给人以多角度遐想。同时，白话诗并不等于口水诗。坦率地说，口水诗根本不是诗，是上不了台面的。

当然，在我看来，兴海的诗作也有不完善的地方。这主要表现为题材还不够广泛，技巧还略显不足。但瑕不掩瑜，这些瑕疵丝毫没有抵消弋兴海诗歌的灵性、大气与成功。

读弋兴海的诗作，感觉朦胧诗与哲理诗之间并没有本质上的差别。朦胧诗也有哲理，哲理诗也罩着"朦胧"的面纱，二者相互渗透、相得益彰。其实，诗言志，无论多么"白"的诗，都是有寓意、有哲理的，只是表现形式不同罢了。人到了老年，一切都看开了、看淡了，有了一种与世无争的豁达。弋兴海和他的诗就是如此。如果说"醉翁之意不在酒"，还不如说"诗翁"之意不在酒。不喝酒，照样也能作出好诗。因为弋兴海已经是中国金融文坛的金"戈"铁马，他时时刻刻枕"戈"待旦，为了他的诗歌大业，他会不惜所有，大动干"戈"。弋兴海的热爱和诗情，让我不由得想起大诗人曹操"横槊赋诗"的豪迈气概。他面朝"兴海"，手握铁笔，对酒当歌，吟唱出：看我长戈在手……

是为序。

阎雪君

2022 年 6 月 16 日

于北京金融街中国银保监会大厦

阎雪君，中国作家协会全国委员会委员，中国金融文联副主席，中国金融作协主席。

目录

001　**序言**
　　醉翁之意不在酒　阎雪君

001　天涯
003　滕王阁
005　古琴台
007　悠悠
009　歧路
010　渔舟
012　帘
013　元宵节
015　迁徙
017　暗尘
019　云霞
021　景色
023　梅

025	黄莺
027	书
028	思归
030	高洁
031	大风
033	露水
035	今日
037	杯中的酒，已被西风吹散（组诗）
043	深秋
045	囚犯
046	昔时
048	壮士
049	此地
051	长歌
053	春水
054	青苔
056	孤舟
058	岸花
060	家书
061	寒鸟
063	秋月

065	刈黍
067	时节
068	相顾
070	秋色
072	薄暮
073	流响
075	夜萤
077	石竹
079	遇到的，都是醉雁（组诗）
083	逐鹿
085	年末
087	眼
089	立夏
090	知己
092	虔诚
094	蚊子躺下了
095	门
097	砸墙
099	八月，血
101	残月
103	空气变奏曲

109	命运
111	白桦树
113	樱桃
114	人民公园
116	店面
118	雾气
119	明月
120	夹缝
122	舞
123	车站广场
125	日子
126	5月4日
128	登顶
131	金融（组诗）
141	谷雨
143	清明
145	对手
147	往事
149	我们都不太通透（组诗）
152	梦
154	变声

155	春酌
157	洞庭水
159	归客
161	湿雨
162	岁月
163	夜晚
165	那些香,从没有欲望(组诗)
169	夏日
171	武汉的冬天
172	在阳光下
173	没有主语的句子
174	大寒
176	梅雨
178	入伏
179	茧
180	火
181	生活
182	起身
183	时间
184	黄昏
186	春天来了

188	黎明
189	电梯
190	人
192	雨夜
193	五月(组诗)
197	游离
199	拆
201	疼
203	武昌车站
205	小区即景(组诗)
210	谷雨
211	灰月亮
212	湿
213	七级风
214	一些热词隐于清凉
215	收购灵魂的人
217	在石板上钓鱼
219	傍晚
221	一个真实的故事
222	旷野
223	自流

224　老马

225　润物

226　芸藿

228　捉人

229　万岁

230　江鸟

232　古来稀

233　翻手

234　众山

235　月落

236　浮名

237　一片花飞

238　旧物

239　雪花回家

241　空椅子

243　渔火

244　射马

245　格格

247　**后记**
　　诗歌的"完结"与传承

天涯

你要去很远的地方

我去送你
在三岔口,你学着古人的样子
抱拳和我分手

你一转身,路先走了
时间看着我,变快
我腿瘦,挪不动步子,让风随你去

我们身在江湖,大口吃肉,大碗喝酒
人没醉,碗先醉了

你去的那个地方并不遥远
就在我的屋后

你看,昨晚我们不是共赏一个月亮吗

按约定,五月端午,我们还将乘一次船
到屈原投江的地方
听江水讲述屈原的故事

看水中
能否打捞起屈原《离骚》的续篇

滕王阁

就是一座楼
把赣江放在身边
听江风使唤

喝酒的人,身段放下
酒杯就长能耐了

春风轻抚,酒灌醉了李元婴
也灌醉了滕王阁

王勃写滕王阁时,世上已无滕王
可酒香一直都在

江风醒了,滕王阁就被众人拥入怀中

闻到酒香就爱了

走出大唐的，不仅有滕王阁
还有滔滔江水上的酒香

古琴台

坐在古琴台六角亭的长凳上
身旁就是置放知音同心锁的台子
"二人同心,其利断金"。真的吗?
依我看,那锁锁住了一段佳话
也锁住了苍茫岁月。
琴声连接了伯牙与钟子期的友谊
也连接了死亡与永恒。
人早已作古,而琴台还在。
向西望去:琴台大剧院或许正在
上演梁山伯与祝英台,或许
在上演伯牙与钟子期——
这又能说明什么?
试问:有谁能解伯牙琴之曲之意呢?
钟子期不在了,高山流水还有何意义?
你看那后人挂上去的一串串铁锁,

闻到酒香就醉了

早已锈迹斑斑
即使锁住了爱情、亲情,又能怎样地打开?
或许古琴台的故事将一代代地传下去
或许那同心锁还会一直直地挂下去
或许高山流水的琴声还会一曲曲地奏起……
或许……
可知音呢?知音在哪里?
身后的长江永远不会做出任何回答。

悠悠

时间义无反顾地流逝
能叫停它的人,还没有出生

岁月悠悠,总有些愿望可以复制

今夜的月亮很圆,像
极了大唐盛世的那枚
也许就是

当年的困惑
走失在了大漠边缘
而今,一切都变得那么随心所欲
那么浅显

只有无边的草原在呼唤羊群

闻到酒香就醉了

我将回到古老村庄
过着返璞归真生活

原野茫茫
一直在等我归来

歧路

走着走着,就走到岔口处
没有十八相送
想想就有些凄凉

风是不讲情面的,无论树叶怎样说情
一条路通天,腿却被吹瘸了
脚印南辕北辙

时候不早了
该去的地方还是要去
即使月黑风高
也要背着一丁点儿萤火
给双脚指路

渔舟

泥潭
蒿草疯长
渔舟无法申诉

撒下的网
沉入船的底部
沉入鱼鳞思维

唱晚
一个神话传说
一段青石告白

秋天的故事
讲给大海
讲给落叶

我们需要冬藏的意义
需要一个坐标
需要坦诚

暮色中
总有些渔舟满载而归
总有些鸥鸟追随其后

闻到酒香就醉了

帘

那就是一层薄雾
拽住光,明亮就来了

窗外的鸟叫声使屋檐矮了许多
土墙很静,树叶把自己落下,不出声

暮色有时来得晚一些
微风让时间歇着

挂起的帘迟迟不肯展开
怕剩下的光阴不够

在淫雨霏霏的季节,我把朦胧按住
用一道光给眼睛指路
使老屋有了轮廓

元宵节

元宵节的夜晚

灯笼把自己点亮

寒气也羞涩了

你看那观灯的人

被喜庆牵着

头把自己扬起

连夜色也跟着陶醉

古时长安

元宵节妇孺皆知

夜晚观灯

也把今后的日子观在眼里

老百姓是勤劳的

闻到酒香就醉了

那指点灯笼的手指
也在指点着一年的收成

总有些夜　是无眠的

迁徙

眼前一片模糊

住着住着,老屋就消失了
走掉的,还有鞋子

我竭力回忆生活的每一个细节
回忆车轮经过我家门口时
阳光被碾轧的声音

远方一直在延伸
光着脚走,路怕疼

现在,白杨少了,樟树多了
香气在弥漫

闻到酒香就醉了

能走出去的,仅仅是影子
只有内心的骚动,在静静地
等待迁徙

暗尘

你从不拘泥于事物的本质

当光阴成为一种习惯
虚无便降临了

南来北往的风
在一个时间堆砌的节点
有了踌躇满志的象征
有了一种强势回归

语言也活跃起来
不再局限于方言

马蹄飞扬
暗中带起的尘土

闻到酒香就醉了

有了更为夸张的意义

厮杀是不可避免的
每一次征战
都是对气质的考量
对刀刃的锤炼

有时候
信仰的背后
不仅仅是信仰

云霞

当黑夜一点点融化
大海也就宽阔起来

你的那颗瘦弱的心
也随之跳跃

顾忌　在另一端蠕动
在草尖上挣扎

霞光没有丢下任何一个阴影

我们用云朵书写那些
遗忘的日子
书写浪花

闻到酒香就醉了

而装扮大海的
始终是游鱼

有时候　梦境所呈现的
不都是恶魔

而是　严寒冰冻时的暖流
和春暖花开时的
蝶舞

景色

景色有些轻飘

观察时就有些婉约

那些柳暗花明的具体

使抽象变得更具魅力

更有依赖性

青石流脓

一些陌生转向滑稽

枫叶滴血吗

你所念叨的

都是风的脚踝

都有一些前奏

闻到酒香就醉了

而更大的虚无
则在一根琴弦上跳跃

祈祷在倾听

道观外
只有树荫落地
的声音

梅

矜持,婉约,顺其自然

唐装是鲜艳的
你看那杜审言,不也
窥视你吗?都一千三百多年了

梅红柳绿,春意盎然

陆游不是最早赞美你的
也不是最后一个
一路走来,南宋只是驿站

你柔弱的身躯,落下殷红的雨
迎春的泪
而你的心,在融化的冰雪中

闻到酒香就醉了

迎接星光

当我们置身花海,我们应当择其
幽径,去探求更为隐秘的
缤纷

黄莺

你扑腾了一下
春天就来了

没有觉得有什么惊喜
一切都在自然中发生

鸣啼,是你与生俱来的
与兴趣无关

在对待一只鸟的问题上
我们可以有无限遐想

比如,遇到一枚逼真的
机器人虫子,它会
张口吗

闻到酒香就够了

其实，古人并不关心这些

只有在吟诗作赋时
才会想起那只鸟的
存在

书

在封面设计上
没有谁顾忌一个符号的笔画
也没有谁顾忌颜料的深刻。
阅读者，总想探求更深的惊奇
探求一个绝境。反过来看
扉页并没有想象的厚重
只是在页码上留有雕刻的痕迹。
书的内容，早已被留言取代
不再与感慨有关。一部书里
主人公隐居深山，过着随意日子。
看书人，在书的底部看出装订的划痕
只是，并没有揭穿它。
这书，已经薄了许多。然而，在想象中
总会有几个版本被印刷出来。

思归

古人也有思归之心

你看唐朝诗人
不也有"忽闻歌古调,
归思欲沾巾"的诗吗

回家的路,少走一次
就远去了

大寒来了,冷,透心
情绪也会凝固

你不在时,故乡的炊烟
绕着山梁盘旋,消失在
莽原

四季轮回，又有谁注意屋檐下
那枚鸟巢

清冷的夜，酒杯在手中
颤抖不已

高洁

高风亮节
抑或沆瀣一气

有时候　意象很油腻
我们应当怎样绕开那些椭圆

诗人是玻璃做的
易碎

唐诗有五万余首
还能多一首吗
能　在茫茫原野

找到它
有人已在路上

大风

大风降温
寂静更为寂静

风是不会为事物叹息的

扯下的云
转为雨
转为苍凉的幽怨

有时候
远山也会祈祷

在深秋
孤独更为孤独

闻到酒香就醉了

声音
来自遥远的雪山

我们总该有所交代

踏着月光上路
为我送行的　是
身后的风

露水

露水下来了
气候也就变凉了

没有谁能把握季节的节奏

有时候
我们需要一些冲动
需要声嘶力竭的虔诚

而此时
并没有一个完整的选择

露珠打湿的
都是阴影部分
都有一些滑稽

闻到酒香就够了

我们能垂下眼帘吗

当蝉翼展开时
黑暗又推迟了一下

今日

你一直在僻静处等我

我不愿骑马
腿短　走得慢

看书　字小
无法辨认现场的细节

我拿阳光打扮
总是分不清脸谱
分不清一些陌生

如果有缘
我会在深山老林找你

闻到酒香就醉了

而今日　追随我的

除了诗书

还有指北针

杯中的酒，已被西风吹散

（组诗）

以物喜？以己悲？

我在想
我们能不能坐下来
和古人谈一谈
能不能深入古人之内心？
比如范仲淹
不是有《岳阳楼记》吗？
不是倡导"不以物喜，不以己悲"吗？
洞庭湖是一面镜子
能折射出你、滕子京和我
灵魂深处的悸动
折射出岳阳楼那颗不安的心

有时候，我们发誓

闻到酒香就够了

我们不再为雨季发愁
可雨季到来时
我们仍然会束手无策
仍然会谴责不守信用的天气

而杯中的酒,早已被西风吹散

当然,在阳光明媚时
我更喜欢光着脊梁戏水

以物喜?以己悲?
我想问范仲淹:你若转世
你会怎么看?
还会去巴陵郡、再会滕子京
重作一篇新《岳阳楼记》吗?

远 山

卧在雾中的远山还没醒
太阳就出来了

太阳并没有给它带来什么
没有给它清醒
那些浓重的雾,始终不肯散去
也不肯给它漂白的机会

其实,它醉了
它喝下陈年老酒
它希望一直醉下去,成仙

是不是杞人忧天
有时候,醉,是个托辞

远山醉了吗
你看
它,似乎又一直醒着

怀 乡

怀乡,是对阴雨绵绵的敬畏
也是对自己虚伪的借口

闻到酒香就够了

在城市边缘,那些奔跑的季节
总是褪去一些底色
褪去不明就里的音调

我们观察一棵树的诞生
总是先去摘下它的果子,然后尽量
从果皮窥视它的成长过程
而完全忽略了,那些关于细节的描述

你不觉得眼前的一切来得太快了吗
以至于我们不知所措

其实,当你真正踏上归途
迎接你的,却是秦岭山脉那低沉
浑厚的回声

波　澜

风平浪静时,波澜不惊

你看那小桥流水
没有了阳光的打理
显得暮气沉沉

我是愿意推波助澜的
有时候,芦荡的波涛
成为心的波浪。成为思绪

大地也有瑕疵
你可把坑坑洼洼看成波澜
看成是一种示威

当然,即使在寒冷的冬季
即使落雪无声,你也能够察觉到
湖面有细微的涟漪

长　烟

长烟一空,月亮就出来了

你看那赶路的人
眼前都是 GPS
相信月光的不多了

你如果站在岳阳楼上眺望洞庭湖
你还能看得见"皓月千里"的景象吗
有兴趣,就赌一把

深秋

秋天
一些声音并不那么厚重
不那么精致

那些寒蝉
在冷风中低鸣
没有激起更深的离别

怀念成为深秋的一片落叶
成为一把钥匙

原野不再回到从前

挂在草尖上的泪
滴水成霜

闻到酒香就够了

野鸭远去了

我只有顺着蝉的叫声
才能找到
那个矜持的
拐弯处

囚犯

你把我囚禁在一部唐诗里
字重　我只能把腰弯下

当我拾起每枚字时
我都小心翼翼

我怕把字弄脏　弄碎
我怕我对不起刻字的人

其实　我一直在寻找出口
寻找打开书的钥匙

而这把锁　只有在若干年后
在众人的低语中
用我的虔诚才能打开

昔时

昔日的路
不再叫苦
不再为腰疼喊冤

那些刺玫花
替风抹泪
替落叶惋惜

山饿瘦了
耗子去了更为
刁钻的地方

我们应当以何种姿势
欣赏古韵呢

田野是茫然的

庄稼在打扮土地时

也在审视自己

当夕阳倾斜时

牌坊也有些倾斜

壮士

在古战场
你能看到壮士留下的气息吗

那些远去的硝烟
没有格律　没有打杀过后的平仄

刀孔　温柔地
长出青绿　长出壮士的衣角

辽阔在沉思中成长
谁能撼动毁灭的意义

有时候
壮士就是一枚
休止符

此地

脚印走了
远方已不再有踩踏的痕迹

江水轻柔
替云彩打发日子

岸边垂柳抹一把泪
草地就湿了

我们并没有忘却什么
只是记忆戛然而止

浪花累了
游鱼不再闹腾

闻到酒香就醉了

如果船帆喊渴
雨水一定打烊了

这个地方
山瘦　词肥

语言帮我指路

长歌

长歌一曲

流下的泪
随风远去了

怜悯一直是懵懂的
挂在树梢上的思念
总有些彷徨

在春意盎然的季节
雨水偏于固执
偏于贴近

悠远的声音从体内发出

闻到酒香就醉了

江水温柔
阳光替浪花拍岸

远山迷离
回家的路

只有青蒿知道

春水

湖水蓬勃
春天就降临了

你看那一轮朝阳
替大地梳妆
用镜子打理
云彩羞涩了

我们能让春水抖抖
身上的雾霭吗
水草青青
为游鱼表白

一条走过的路　有些矫情
泥土　有些芬芳

闻到酒香就醉了

青苔

太阳打个盹儿
岁月就掉下一截儿

那些旅行的蚊子
总是漫不经心
所到之处
没有更多笑声

一些事物卷走了它的痴情
卷走了一些算计
留下的
只有风的巢穴

我们只身江湖
染上一些色彩

那些飘忽不定的石头
不会带来盐的味道

然而在他的指尖上
欲望消瘦了许多
转过头去
岩石保持沉默

那些用泪水腌制的陈年旧事
都汇入大海
只有一些被人遗忘的青苔
静静地铺满心底

孤舟

一叶孤舟
划开一段情愫
划开情愫中鲜红的血色

河面上的冰凌
有着深刻的哀怨
有着难以抑制的冲动

故乡　沿一根银丝延伸

越接近牌坊
越泥泞

孤舟划出的弧
滚烫如火

是谁　更为之愕然

我只想回到老街
回到老街屋檐下
那躺椅旁

席地而坐

岸花

闻到酒香就够了

两岸的春花开了
天也就亮了

那些没有打烊的事物
在黎明到来之前
有些蹉跎

我们以什么口吻接近花

远方很重
路很轻
江水缓慢

阳光替小桥送行

雾蒙蒙

故乡时隐时现

树梢挂着泪水

冬藏时

我还能看见游鱼吗

家书

寒潮来了,山不再膨胀
如果说湖面结冰,那一定是鱼在冬眠
树大招风,林子大了啥鸟都有
叶枯了,路基变软,气变硬
城市上空的云,变得更加娇蛮
人在旅途,家书金贵,但不值钱
战事再多,微信比子弹快
灯红酒绿时,快餐面香
月朗星稀,风平浪静,子夜过后
有野猫哀鸣
归程,成为一个时间节点
当你抵达村口时,家书仍在路上

寒鸟

我们没有选择

人累了,让路先走

你看那些日子
在不冷不热中
就滑向另一段时光

季节在不停变换
你并不觉得好笑

而在冬季
钟声却愈加凄凉
寒鸟低鸣
逐鹿中原悄无声息

闻到酒香就够了

又炮火连天

站在古城墙遗址的废墟上
你能看见什么

誓言有了钻石般的意义

秋月

月圆了
阴影也就散了

唐朝的秋夜
到今天依然宁静

原野替风整了整衣领
凉越来越矜持了

这一夜
对饮是酒杯的事
与朝廷无关

你把夜灌醉
天也就亮了

闻到酒香就够了

假如回到从前
你一定在去大唐的路上

把诗书卷起
腿就轻快多了

刈黍

收割黍子的季节
没有风　天也渐渐凉了

地累了　让村庄活起来

拿镰刀的手
握不住一粒黍子的去向
耍耍吗

酿出的酒
从唐朝喝到今天
有些诗人的味道
酸涩

想想一些文人墨客

闻到酒香就够了

即使穷困潦倒
也不苟且偷生
是情怀吗

收获的季节
醉　也要醉倒在田野里

时节

时节落入俗套,雨也就停了。
你看那天空,无精打采
仿佛谁欠它半毛钱。
正月初六了,上班族强势返城
村庄仍做着稀疏之梦。
谁在操纵季节?

有时候,残酷是必然的
冻僵的手,往往支撑春天。
你想去归元寺许个愿
可那些铜罗汉保持沉默
保持铜的冰冷。
节令到了。
我说一些事物假装睡去
你信吗?

相顾

环顾四周
一切都是明天的样子
都有一些俏皮

那些冠冕堂皇的理由
在抽搐的一瞬
变得矜持起来

还认识回家的路吗

几十年了
一些事物还是新的
而记忆有些陈旧
有些不明就里

夜深人静时
听一首儿歌
似乎又回到老街

回到老街旁那条
幽静的小巷

秋色

闻到酒香就醉了

秋色滴血
惆怅便浓了几分

你看那猎人
不也成了猎物吗

我们应当找一个出口
把自己装进去
山就低了

鸟累了
就让树走

在秋色里
总是要有些感慨

总是要留下些什么

你看那银杏叶
不也在回望落寞吗

薄暮

纸片式的暮色

在内心留下了刀痕

留下一丝惆怅

我魂归何处

荒原被夕阳点燃

燃烧　成为一种趋势

是谁手持利剑

戳穿一段浮云

是谁甩开大鞭

劈开一座荒山

路弯　绕开走

在薄暮中　飞翔的

都是雾霭

流响

把耳朵蒙上
蝉鸣就远去了

你看那梧桐落叶
风起时
没有回声

山高路远
露珠躲在云里

流响
像一道划痕
去了人烟稀少的地方

折回时

闻到酒香就醉了

时光已不在枝头

我累了
把门打开

天亮时
让影子把晨曦驮走
把寂静留下

夜萤

萤虫为天幕涂鸦
黑夜就有点意思了

在盛唐
一夜之间
诗歌遍地开花

酒醉了
诗人醒着

诗天生姓酒

秋日　庄稼为大地梳妆
为山川描眉

闻到酒香就醉了

秋风掀起的
是村庄的裙摆

在有灯火的地方
都有夜萤

是的　夜深了
有人没睡

陪伴他的
一定是滚烫的句子

石竹

你笑了笑
太阳就出来了

你没有轻狂
你知道
你的绿
只是一片云彩的关照
你的花
也就是一种色泽

季节
给了你一些身份
给了你适度展示

你不在乎花期

闻到酒香就醉了

不在乎果实
也不在乎雨季

你在乎什么呢

有时候
对一些事物保持一种默契
是自然的

想了解石竹吗
看看唐朝诗人王绩的《石竹咏》
就都明白了

遇到的,都是醉雁

(组诗)

孤鹜

鹜,还有
而《滕王阁序》里的鹜
已不多见

一些鹜
进化成天鹅
换上漂亮裙子
还有些鹜
飞走
去了没人的地方

我们没有理由指责一些事物
比如湖水、小桥、晚霞

比如那些水中的游鱼

孤鹜
有时候
就是一个背影

雁　阵

我在纸上画个雁阵
撕碎了
雁阵也就散了

你觉得这样可笑吗
我倒没有
葡萄不都是酸的

早年的雁阵是有规律的
一会儿排成"人"字,一会儿排成"一"字
往南飞

现在进化了
雁都各自为"阵"
拒绝天空

观雁人,大都是驴友
在呼伦贝尔草原
遇到的,都是醉雁

珠 帘

一帘幽梦
梦醒了
帘还在

有时候
一些物件总想卖弄自己
卖弄瓷的智慧

而我们又必须虚拟一个妄想
虚拟后宫

闻到酒香就晕了

然后回到前堂

其实,我的炫耀指数很低
掐一下自己胳膊
留下深深血印

然而,生活在梦里的人
睡熟了
才能清醒

逐鹿

步子一刻也没停下

鞋过于沉重
路有些倾斜

在广袤的平原
太阳与风对峙
野草不再寂寞

我们握得住视线吗

纸上的兵
画着画着
就鲜活起来

闻到酒香就醉了

笔中的墨
有些冲动
震耳欲聋的
都是鲜血

有时候
你需要的
正是喧嚣后的
一丝宁静

还有宁静后的
适度喧嚣

年末

黑洞幽深
一道光停留在卡口
世界是平行的

冷是对棋局人而言

那些捉襟见肘的
并没有想象中的轻飘

手推动着四季
雪像沙粒般聚集
又随风散去

寒颤抖了一下
南方也颤抖了一下

闻到酒香就够了

雪乡有雪吗

当一只鞋掉在深冬里
而另一只
一定是踏向
通往春天的小径

等待柳树返青的季节

眼

睁开眼
用云彩照镜子
有点青灰色

一些影子
没有了清晰的习惯

挪开暗红
挪开青涩的味道
纸香纯粹

一眼望不到边的
是流水
是水中游鱼的叹息

闻到酒香就醉了

推开窗
耀眼的阳光守在墙上

有一个夹角昏暗
是眼里的阴影

不必在意
即使你闭上双眼

那阵阵桂香
也会渗入
你的骨髓

立夏

在雨水中立夏,是一种
陈旧套路,一种微不足道的安排
立夏,是水煮青蛙似的升温
是不知不觉中融入的热

是该找个理由离开了
去山寨吗?山寨有水。山寨没有蛙鸣
没有月亮下的小船

在这个夜晚,星星是炽热的
人也微微出汗,微微有点窒息
好在空旷是友好的
空旷没有丢下我
我将沿这条路走下去
陪小草长大　陪盛夏来临

知己

闻到酒香就醉了

无论是名词或是形容词
都是一种笔画的表象
在内心深处,都有表现的欲望

我们被圈子套着
想跳出,心重,迈不开腿

有时候,风的号召比母亲呼唤还灵
把漩涡看成美图的,不只是眼睛

现在,知己已成为一种潜意识
我隐约记得,王勃在长安送朋友去四川时
说过类似的话

那是在唐朝

现今,孤陋寡闻

只是,那条林荫小道,已被野草隐蔽多年
寻找,成为一种奢望

虔诚

闻到酒香就醉了

不必合十
把月光请进来
就有了打坐的影子

心里是藏不住鬼的
在镜子面前
声音也温柔了许多

有时候
摘一片薄云戴上
也有受宠之意

即使张开嘴巴
词语也会沉默

其实
我们不过是一个动作
而已

真的要见活佛
那只好去阳光明媚
的地方

闻到酒香就醉了

蚊子躺下了

面对生锈的铁皮
蚊子磕掉了满嘴的牙
血流如注

南来北往的风
总能找到藏身之处
并最终消失在视线以外

有很多时候
我们埋怨镜中的自己
形象有些扭曲

也有时候
我们调侃蚊子
因为,蚊子也会躺下

门

风一哆嗦
门就开了
那个设计完美的门槛
躲在了背风处

屋子是零乱的
像样的东西并不多
使人眼前一亮的
是那种橡胶的酒瓶子

一捏
发出一种多年前的怪声

我躺在那张古老的木床上
躺平吗

闻到酒香就醉了

时间久了
腰疼

其实
这座老屋早已陈旧
只是那扇门
在歇脚的时候
才在上面
贴上一次
新纸

砸墙

装修层面上的砸墙
是一门土建艺术
是完美的摧毁

有时候
艺术就是砸出来的
是一锤子买卖

在我们的潜意识里
砸墙是残酷的

砸墙成为艺术——
这是哲学家的解释

对诗人来说

闻到酒香就醉了

砸墙的节奏
一定是诗歌韵律的一部分

而对砸墙者而言
在他抡起锤子的一瞬
他知道

他砸的这家
应该是付得起砸墙费用的人家

八月,血

洒下的慷慨
以血的韧性
铸就黄河的铜质

猎猎战旗
穿过坚硬的风洞
刺透大地的咽喉

八月
以血的名义
在更为广阔的胸怀上
前仆后继

红色河流
荡尽污泥浊水

闻到酒香就醉了

松林钢铁般矗立

仰望八月
滴血这铿锵的回声
锻造中华民族筋骨

八月
在熊熊燃烧的日子
血　滚烫如火

残月

露水叹了口气
城市就从蒙眬中醒来

向西,月光不再柔和
不再理直气壮

残月,留下昨夜的念想
留下一些暗影

那只在月光下闪闪发光的酒杯
此刻,正在为主人留下的酒渍发愁

天渐渐明亮起来
月光的辉煌隐于山中

闻到酒香就够了

事物被再一次唤醒

只是,阳光需要一个简单仪式
才会在东方地平线上
缓慢升起

空气变奏曲

1

不可否认,在远古时代
一切都是蒙昧的
都是混沌后的清新
都是原始的增长。没有腐朽

那些有生命的事物
醒来之后,从不谋取私利
不撼动规则的底盘,不
自欺欺人

目标是明确的。自然统领着万物
统领着运动的曲线,它们留下的
是美丽的弧形

基本面是没有遗憾
没有能量消耗后的尴尬

空气,以其铺天盖地的弥漫
为事物开辟道路
纯之又纯,以至于原始鱼类
飞上树梢,游弋湖底

假如灵长类动物不是传说,那么
空气就是它的粮食,就是
人类的开端

平衡是相对的。守住美好就是
守住残缺,守住一个漩涡
守住没法守住的守住

进化是必然的。当神灵不再
主宰世界,足迹也不再模糊
空气在有生命的地方
抛弃蒙昧,华丽转身

2

应当确信,自然力的增长
总是人力的耗费,自然界的恩赐,生命的悸动

一个荒凉世界,是没有前奏力的
没有热情的跳跃,没有引导

在一个时间节点,大工业拔地而起
黄金飘浮,红利被肢解
被分割为阴阳寒热

世界进入高浓度时代

空气是软弱的。不断被蚕食,被瓦解
被解释为可有可无的弃妇

毒瘤在体内生长,霾在弥漫,在没有武器处下手
康熙、乾隆死于霾灾吗
请冬天给出答案

空气变得空虚、老态龙钟、支离破碎
肺落满灰尘，发黑，癌变
烟雾成为帮凶

那些想逃生的性命，都在寻找蓝的世界，寻找安慰
而这个世界，没有世外桃源
没有安身立命的空间

拯救，就成了空气回归的强大武器

3

自然的回馈是有限的。越是急于求成，越欲速不达

人类的每一次窃取，都成为欲望的帮手
成为贪婪的尖兵
成为一去不返的云烟

空气是单薄的
不经意间就千疮百孔，失去弹性，光芒不再

苍天在上。我们每一次付出都有恰当的回报
都有惊喜，都有宽慰
空气需要排放，需要修复
需要牺牲一些向往
大工业带来的果，必然要自食

排放，在更高层次上反复
留下的，只有蔚蓝

绿化，是肺活量的重新塑造
空气的休养生息，地球的节日

人类在绿色中永恒

生命没有停止
生活怎样继续才使空气变得轻巧
这是一个现实命题

没有捷径。一切从自身做起

当雾霾不再厚重，蓝天白云

空气就不再喊累
自然归咎于存在,人类归咎于自然
当自然不再虚无、丑化、杂乱无章
空气就不再沉重、霾化

自此,一切都在掌控之中

当空气摆脱了累赘
人类就摆脱了桎梏

命运

紧握着的
一定是刻骨铭心的光阴
和眼花缭乱的虚无

一些事物
没有理直气壮的哀叹
没有情节

命运
一个被反复打磨的瓷器
走出沼泽的灵感
换上便装
去了更为残酷的远山

其实

闻到酒香就醉了

命运是有尺度的

在暴风骤雨的日子
丈量是一次脱胎换骨
是更为精准的陈述

我们没有祈求
没有校正时间

当晨曦漫过堤坝
剩下的
只有永恒的流水声

白桦树

当你看见白桦树时
南方已很遥远

起初,我只是欣赏它的表皮
像一张白纸,没有顾忌
后来我发现,那黝黑的土地
成了它安身立命的根
白与黑,在这里结合得
如此完美

其实,我对白桦树并不熟悉
对它的认知停留在表象上
本质的东西要在更深的
层面清理

闻到酒香就醉了

只是，漠河，黑河，牡丹江的
白桦树有何异同
我无法给出答案

当然，在大雪纷飞的季节
白桦树是理智的
它不会因为自己的存在
而削弱严寒的强度

樱桃

五月的事物,有着鲜艳色彩

你看那樱桃,红得滴血,红得光彩夺目
我没有理由熟视无睹

在摊位,人们的每一次选择
都有深刻的反省,有着
执着的观望

而在更远的地方
是生命对土地的眷念

捧在手里的樱桃,更像是一颗颗滚烫之心
当我走进暮色,那束光
仿佛是樱桃赐予我的,幸运之火

人民公园

阳光比我先行走进公园

当我踏入入口,树荫已被庇护
已在流动中趋于宁静

绿道,以绛红色延伸
以大气衬托青绿

人工湖边,小船悠悠
仿佛在等待浪漫之旅。等待骚客
游鱼,洗尽了自身,去了更深的意境

走在绿道上,俨然是在打磨足迹
打磨鞋的风范
而更多的人,则以手机丈量步数

丈量心底平衡

我只对自己负责

阳光下,宠物狗成为人的主人、
园中点缀、奔跑的动词

园区,吸纳了人为的音响、
鸟鸣的高亢。演唱者
成为公园新的地标

在人民公园,人民是铁打的
即使一些行动不便者
经过顽强挣扎后,仍迎着
阳光前行

店面

一个开张 10 年的店面关门了

招牌是醒目的。烫金的字,连店长也感到吃惊
音响激昂,祈祷是唱给店员听的
造势,手舞足蹈的背后,是
驻足,不是凝望

总是要出招的。那些中招的顾客,也是
另一个店面的出招人

市场就是这样,谁伺候得好,谁就有饭吃

关张的店面再次被打开
敲打在继续。不是破坏,是新生

店面用纤维板围起。无论如何
你都无法理解新任店主的意图

只有落在樟树上的麻雀,才能窥视
店内的一切。可惜,它并不能告诉我们,这个店面
将要经营什么或能经营多久,而不至于再次关张

闻到酒香就醉了

雾气

我被包围了
软禁,在这里是个微妙的词
野草身披露珠的铠甲
能穿透它的阳光被挡在了视线之外

远山近水封锁着,任何的移动都是困难的
我叹口气,朦胧就接近我
我想走,雾气便围剿我

我不再有任何奢望
我脱掉鞋子,把双脚放在沙滩上
寒凉又袭击我

我什么都没干,我只是在欣赏凌晨的湖面
即使这样,沙粒也无法理解我的心事

明月

在通往大唐的路上
我怀揣明月
车辙时隐时现
我的影子也时隐时现

我扯着风的一角
让雨走开
路虽遥远
正等我过

大唐盛世是写出来的吗
答案好像不在纸上
那就赶紧奔长安吧
温酒的人
正等我一叙往事

闻到酒香就够了

夹缝

微弱的光线,扶着摇摇欲坠的影子
挺在黄昏里

而大片的白,在众目睽睽之下
显得格外耀眼

奢侈是一尊动词

一句过气的话,今天有着更加坚定的意义
而更多的舶来品,不过是没有线眼的纽扣

生活将被重新定义

以韧性出现的缝隙,有着强大磁场
有着难以估量的穿透力

而每一次超越,都是触底反弹的回声

夹缝,这个具有多种歧义的名词,需要多大勇气
才能把它撕开一个,隐匿而幽深的口子

闻到酒香就醉了

舞

舞是一种境界

带着柳枝起舞的风
把身段压得很低
像是在为小草打理情绪

带着翅膀的词语,总是埋怨
纸张太薄,没有分量
没有天马行空的不羁

我想把自己灌醉,看看能否
吐出一些有用的事物
事实上,我很少喝酒
倘若遇上酒仙,我就是不端酒杯
也会熏得半醉

车站广场

渐行渐远的脚步
与停滞的心
在高速列车开动的一瞬
定格在两个独立的空间

留守的人
总想留住那份旁白
已经落幕的话剧
在舞台之外重演

夜幕降临的时候
喧嚣盖住寂静
拉杆箱的塑料轮子
滚出一道道的辙

闻到酒香就醉了

我们都要经过车站广场
在入口处
许多鞋子没有留下
踏过的痕迹

日子

过着过着,就把自己过丢了

马路被风牵着,走不出辙
走不出拐角的弧度

我们总是要迁就炊烟的
灶台上的事,比天大

唐朝那点事儿,许多年不提了
月光照在贵妃身上,华清池一地碎银

起风了,有些酸涩
日子像是在过我,就是

夜幕降临,谁还记得白天发生的事呢

闻到酒香就醉了

5月4日

日子搁在那
风一吹,便又活跃起来

记忆在一个世纪前就被唤醒
就被赋予一个近似语

那个群体,不过是简单组合
不过是超负荷追问
而我们有理由相信
那条曲线,应该是窦性心律

这个日子在细微中再次被放大
再次被放在阳光深处

成长的,从来都没有痼疾

我们没有理由放弃嗅觉
放弃一条长命铁锁的重量

打磨的,都是老字号

这个日子,有些细节应运而生
有些语言抑扬顿挫

有时候,我们需要的
不仅仅是激动

登顶

闻到酒香就醉了

路已让开

当我站在山巅
才发现身后空无一人
我艰难地抬起头
头上云彩在痴笑我
我忽然感到一阵孤独

在这高山之巅
是我甩掉了同伴
还是同伴甩掉了我
连我的影子也随风而去

我都做了些什么

我把一生精力都用在琢磨登顶上
我耗费了人们难以想象的意志
我甚至离开了我所有熟悉的人

此刻，我站在山顶
除了云遮雾罩
连内心深处那点侥幸也消失殆尽

我是谁，我为何如此孤独

是该下山了
是该回到亲人身边
回到花前月下的从前
回到最初的天真

闻到酒香就醉了

我将去湖边
去看碧波荡漾、游鱼嬉戏
去听阳光划过水面
那音乐般悦耳动听的声音

金融（组诗）

商　品

身外之物，有着光鲜的创作史，
有着难以想象的渗透度。

在人类长河中，
那些熟视无睹的景观，
常在暗处发力。无须唠叨，
你必须受制于沉重的心理。

一切归咎于自愿。

劳动，以纯粹的力量卖出，
换回一个生命周期。
那些把控过程的巨头，在异化中，

成为动因的主宰。

一切都是自然而然地生成。

没有如果,没有假设,没有似是而非。
人类在餐桌上成长。

由此,泾渭分明。战争在灶台上展开。
而伙夫,则成为帮凶。

文明用血色浸泡,野蛮由愚昧助威。
所有的因果在这里找到归宿。

交换,不再是简单的以物易物,
而是一艘航母。登船的,都洗白了自身。

其实,我们置身于混沌中,
置身于一个悖论。
所有的商品都是皮影,
所有的重量都是轻飘,
只有风吹是真实的。

有很多时候,流水线喊累,互联网叫困,
我们拥有的,不过是地球的副本,
不过是慷慨过后的沉默。

人类的命运,不过是虚化以后的真实。

货　币

一艘航母的价值,被压缩成一张纸,
压缩成难以理解的轻。

占有被无限扩大,被扛在肩上。

交换像发酵的馍,在膨胀。在十字路口徘徊。
有人用一只羊换回二十五千克谷物。
这是天意。这是不可更改的遗书。
价值被无限延长。被许多事物围困。被肢解。
贵金属被揭露出来,
成为人们心中偶像,手中玩物。
财富,从此抛弃沉重、累赘、

愚昧，抛弃那些应该抛弃的。
留下来的，仅有一把尺子。

丈量，在远古进行。
没有谁在树上买桃，在海里买鱼。
凡身体标有价格的，都有病。

纸是流动的。在流动中寻找地球文明，
寻找一切现实的可能。

支付，不是经济学家创造，
不是哲学家伦理，而是下里巴人思维。
握有支付，就会重生。

收藏是一个浩大工程。
抽屉里裹紧的山，被不停地盗卖，
握有钥匙的人，不会怜悯一个承诺。
藏匿具有法律和世界意义。

当一张纸能通天，地球就是一个社区。

信 用

无论建造航母,还是建造庙宇,
都有惊人的相似。

那些礼尚往来,不经意间,成为一个时代标签。

高山流水,财富转移,拿捏得如此劲道。
货币在绵里游刃有余。

自由借贷者,经常反省自己。这与品质无关。

钱庄的墙壁上,总有车辙留下,
赶车人,并不与车为伍。

借贷,在更深的意义上崛起。

谁摘掉胡子,谁就真的不是老大。

信用,不再是老死不相往来,
而是聚集更大压力,奔赴更深刻内涵。

不要以为这是一个托词。
苍天在上,我发誓:
从此,我不再贪玩。

劳动中,不必收获玫瑰花瓣。

银　行

如果说近代银行诞生于1580年的意大利,
那么,中国的钱庄、票号一直在抵抗。

钱是用来玩的。玩到精辟处,数字说话。

在财富聚集的地方,物件极度活跃,
那些抬不上桌面的,都是夺命高手。

争斗在悄无声息地蔓延,
笔在纸上祈祷,算珠拨开的,都是兄弟。

我们置身于金钱帝国,五味杂陈。

那山中的猴子,没有祖先。
所有大佬,都有回避不了的禀性,都有一些色彩。

中央银行,最终成为舵手。

其实,我们不需要怜悯,不需要过于暴露的鲜香。
一个承诺,石破天惊。

在浮萍滋生的天空,
我们需要一场酸雨,一场邂逅的摔打。

而人类需要的,是正道。

股　市

股市,各路神仙较劲的八卦。
那些懂规则的,在错乱中走失,
在阳光下不堪一击。

三百年前的玩耍,成就了资本,

成就了时代弃儿。

一些雕虫小技,没有更多筹码,没有豪言壮语,
有的,绝非偶然。

这个世界,财富不过是笔画的描述,
笔画越多,越脆弱。

经济,以其强大动力推波助澜。

大盘的每一次呼喊,都有远山的回声。

在虚拟世界,我们要活得真实,
活得出彩,活得人模人样。

谁调戏市场,谁就会头破血流。

背景是深刻的。那些涂了彩的土,只是瓷的坯子,
成品是否光鲜,看火候。

其实,我们都是赌徒。都是注定要上场的。

结局如何,天知道。

股市的每一次震动,都会出现契机,
出现波澜壮阔的画面。我们要把握的,是定力。

我们应当舍弃什么呢?

金　殇

当数字骗取贪婪,财富便成为累赘。
成为一厢情愿的魔方。

物件在叹息,在没有人的地方哀悼。

一张纸的厚度,在特定的冰点,
比一个惊雷更具有爆炸意义。

那些成吨的纸,熊熊燃烧,能塌下半边天。

黄金是诱人的。那些铸造金条的,

至死,都不明白这有何见教。

证券市场上,那拉长的欲望,
经不起钝器的切割,早已分裂成桎梏的留白。

贪婪与短命相拥而泣。

拜物教是个古老命题。

那些游戏者不在三界外,也不在乎民间传说。
有百分之三百利益,敢冒绞首的危险。即使,
二十年后没有好汉。

财富向反方转化,向多维世界交代,
向光阴祈求庇护。结果是或然的。

其实,我们不需要施舍,不需要太多理由。

当沧海成为桑田,
一个铜钱,足够了。

谷雨

春转头时
你来了

扯着夏的衣角
使天空膨胀起来

雨滴下
土地有了冲动

田埂招呼庄稼人坐下
种子便有了出嫁的念头

我不能呼风唤雨
你能

闻到酒香就醉了

我只好让杂草走开
让你留下

其余的
就看我农民兄弟有多大能耐了

清明

阳光一直都在

那返青的不仅仅是野草
还有墓碑上的文字

偌大一座山
用春风轻抚
落下的不都是梨花

祭祀
用点燃香火之手
拾起墓地上的阴影
还阳光一个空间

鞠躬

闻到酒香就

这几千年的风俗
有了更为绿色的意义

拾级而上的墓碑接近天空
接近传说中的天堂

墓碑前一片落日
是苍天慈祥的火把

我没有眼泪

仰望蓝天
心如止水
在回眸的一瞬
把悲伤留给清风

对手

武器很累
对手并没出现

攥在手里的枪
捏出了年轮

偶尔扣动扳机
指头喊疼

拐弯处
子弹依旧在飞

我没有对手
不再有仇恨

闻到酒香就爱了

有时候
我真想把屏幕上的敌人拉下来

让他们缴械投降
然后获得新生

往事

其实,它并没忘记我
当它提起我时
我正处于一个悖论

它干杯
然后把土陶碗摔碎
我并不在意那些摔碎的碴子
刺入我肌肤的某个部位
那是一种默契

它往往是亢奋的
在声嘶力竭中使万物保持沉默
保持一种风度
而我,则保持一种侥幸

闻到酒香就醉了

我没有饮酒习惯
酒醉了,我醒着

有时候,酒杯想起往事
也跃跃欲试
而我,在与往事分手时
干杯,不是唯一方式

我们都不太通透

（组诗）

闲

闲来无事，望着窗外
时光在陪我聊天。
聊什么呢，无非是油盐酱醋茶之类。
是自己与自己对话。

有时候，我们把一粒米无限放大，
发现它有着难以把握的结构；
而对于肉制品，我们并不受制于它的
加工过程。

我不愿把自己置于闲暇之中。
我起身走向窗前，窗外柳絮纷飞，
春末夏初已进入我的生活。

雨 后

一场雨后,地面有些湿润,
与寒风亲吻,仿佛回到南方的冬季。

走在公园绿道上,绛红色路面似乎反衬着道边垂柳,
有阳光溢出。
时光在明与暗之间跳跃。我们都不太通透。

放眼望去,除了绿道上稀疏的行人,
有的,只是北方初夏未能散尽的寒凉。

初夏的风

你总是不请自来。大多时候,
我们无法对饮,
无法交流感受。

在北方广袤的大地,你有些婉约,更多的是粗犷,
是陶醉后的呻吟。

这时的远山,总有浮云守候,
有些思绪点缀。

阳光渐暗,行人有些踉跄。

风力增大,树枝摇晃得厉害,唯有院中
那条黑色小狗,行若无事。

闻到酒香就醉了

梦

其实,
那个画面是恐怖的。
我没与任何事物结仇,
为何胆战心惊?

地上,
一条条青蛇蠕动,窥视我,
接近我。我动弹不得。

在惊恐中醒来。
两条疲惫不堪的腿,
微微作痛。

再次进入梦境。
一条条青蛇又窥视我,

接近我。我再次从惊恐中醒来。

这惊悚的梦，使我惊恐不已。
我起身时，睡衣早已湿透。

变声

她发育前声音很细,很柔和,
以至于亲切到,使更多人期待。

后来,发育成熟,变声,变得委婉动听;
以至于使更多人,仰慕。

再后来,她发育过头,
声音不再柔和、动听,而是不伦不类;
以至于使更多人,不知所措。

对于人的声音的改变,我无法知道其机理。
因为,我的研究方向是考古学。
从古墓里出土的每一个物件,
都是我最感兴趣的那一部分。

春酌

有时候
闻到酒香
就醉了

那些高脚杯
在斟满酒的一瞬
也醉了

我能追问一些陌生事物
追问意想不到的效果
这是一种意志

翻开唐诗
大诗仙李白跃然纸上
李白饮酒

闻到酒香就醉了

是一种风格
一种韵律

而在春夜
在蒙蒙细雨中
小酌一杯
一切都变得朦胧起来

洞庭水

你并没有奢望
只想在湖边看看
或是日出,或是日落

至于洞庭湖
你没去过那儿
洞庭水是什么味道
甜吗

当然
岳阳楼是另一回事
范仲淹重塑了岳阳楼
洞庭水就活了

有时候

闻到酒香就够了

我真羡慕那些文人墨客

你觉得无聊吗
翻翻唐诗

洞庭水已流淌很久

归客

不必在意
过了与岁月捉迷藏的年龄
一切都坦然了

想想杜甫
那个漂泊的游子
归途漫长而遥远

汉水渐深
游鱼潜底
汽笛声远去
足迹已嵌入码头的石阶

归客
有合适的鞋子吗

闻到酒香就够了

有时候
归客
就是一个剪影

湿雨

你呼唤的雨来了
你却不在那片云下
何必做无用功呢

是春雨潇潇
还是秋雨绵绵
这很重要吗

有时候
你不知不觉走入梦境
走入温暖的沼泽

我总在低头吟诗
即使在天阴雨湿的时候
也谦让着路边的野草

岁月

太阳把阴影置于树下
大地就亮堂了
那些血气方刚的理由
在岁月面前变得不堪一击
风比人活得更长久

落花时节
风景独好
秋泥打春
枫叶羞死了

没有前兆
我们不会八卦
而那一地的落花
你会捡起哪一瓣呢

夜晚

深秋的夜
留住了远古时的凉
也留住了昏暗

小区安静下来
安静得可以听见寒气打湿草坪的声音

遛狗人回家了
快递小哥在物业门前往丰巢里
投下最后的邮件
那些夜归人
也都脚步匆匆

我偶尔外出
也绝不彻夜不回

闻到酒香就家了

一阵寒风过后
小区恢复了宁静

当房门打开时
老伴儿在门口迎接我

那些香,从没有欲望

(组诗)

樟　树

那些香,从没有欲望
没有霾下的吝啬

寒风中,摇摆不定的色彩
总是莫名的抢眼
总有一些寂静被掩埋

不可否认,春天是个名词
是被动词化了的语言

阴雨是寂寥的
是被安排的回声

闻到酒香就醉了

樟树在呐喊
在细数空旷的年轮

大地在涌动
在展现永久的辽阔

而寒风中的樟树
枝叶摇晃
树干挺直

多 云

你想再炫耀一次
可是,水的脾气并不允许
并没造成一种氛围
因此,你必须承受这
无奈之举

设想一下,如果云开日出
又会给你怎样的机会

多云季节,没有了往日的
喧嚣,山林寂静
钢筋水泥保持沉默
树叶轻浮

有时候
大地似乎有一丝光芒
有一些写意,而气象
所刻画的
总是大自然的
不断变迁

湖 边

我再次注视那株草时
它仍在湖边摇曳

很轻,没有响声

湖心有两只野鸭在戏水

闻到酒香就醉了

没有掀起涟漪
湖边很静
可听到我心脏跳动的声音

不是你想象的那样
爆发是瞬间的事——蛙鸣
完全没有征兆

其实，太阳一直在慢慢移动
我并没在意

当我扭头往后看
遛狗人，和他牵的狗
已离我不远了

夏日

时间变轻
一些白昼,不得不跃然纸上
不得不在风中穿梭

阳光懒散,没有雨的日子
总是一种征兆,一种
大气凛然的样子

其实,热度还是有的
气温没有性质,没有收缩后
的膨胀。有的,只是
坦诚的雨季

夜,有些肆无忌惮,有些
令人渴望

闻到酒香就醉了

在一个相对封闭的空间
你想聆听远处的蛙鸣,如果没有
特别的期待,那么
只好等待下一次落日

武汉的冬天

气温,把自己降到零下九摄氏度
降到冬天的极致
它没告诉我,因此
我的血仍是热的

面对寒冷,我一直在平衡内心
我把一些美好事物潜藏起来
等待它的消散

其实,我们都在修行
无论寒冬与酷暑,都是我们
必念的经书

在阳光下

明亮,耀眼
窗户在矫正
自己的阴影
"三九"抓住了短暂光芒
有了些血性

你在纠结什么
还在蹉跎吗

阳光下,风选择了沉默
那些有意象的事物
枕戈待旦
连朦胧诗也骚动起来
有些光亮,往往是从
内心点燃

没有主语的句子

其实,世事都是难料的
你无法捕捉到它的任何证据

当它突如其来时
一切都成了摆设

有时候,我们应当相信第三人称
相信没有主语的句子

当时髦不再流行
主语也就失去意义

闻到酒香就够了

大寒

寒冷到了极致
冻的路,已被堵死

冰冷在笼络伙伴
笼络一些凉性事物

冰凌沸腾了
在一点点融化
在寻找归处

病毒在冰冷中切齿
做殊死一搏

严寒的秘密总是隐藏在温暖之中
隐藏在本质深处

有时候,不经意间
一切都归于骚动,又归于平静

当我抓住一截冰冷时
拽出的,一定是春的气息

闻到酒香就醉了

梅雨

没有故意
只是自然而然的过程

不好意思,我不能控制自己
不能看谁的眼色行事

一些事物,在雨中消失
那是一种偏好,一种
明哲保身的体验

这个季节,险象环生,你
躲避在另一条战线
做着无用之功

我不能眼看着空气膨胀

如果有机会,我会答复你
我为什么要在这个季节,去读一些
关于干旱方面的知识,去种一些
不需要水的种子

入伏

你应当明白,出汗是必须的
是坚强的新陈代谢

而那些想要凉爽的事物
必然是在淅淅沥沥的
暮雨之中,使尽解数,还原自身

我不打算在这个季节解释什么
该来的终究会来
会在一个时间节点
奏响下一部序曲

我知道,当我在灯下阅读时
有无数的星星正在赶路
有一些暗影随之移动

茧

作茧,自己把自己缚起来。
不再走路,不再说话,
也不再摆弄任何东西。但牙齿,
应该是能动的,至少可以在
一段时间后,帮助自己,退出缠裹,
再作选择。

火

引火烧身。
从古人钻木取火开始,
火就成为我们身体一部分。
火是中性的,我们很难
给它一个确切定义。
当然,我们也不能无视它。
要是那样,我们就又回到
茹毛饮血的时代。

生活

不打扰黎明,叫醒自己,叫醒墙上的白
开窗,把寒风请进来,把羽绒服穿上
又一个清晨。冰冷而透明
馍馍,鸡蛋,麦片。热气升腾
餐桌任劳任怨,用生命抵御悲凉、饥饿
走在冷风中,脚下生火
油盐柴米,这些生命的音符
被执着地奏响,又哑然无声
生活的路,像踏上一条弧线
已经开始但不知终点
初冬,听不见鸟鸣;偶尔的狗叫
单调而凄冷
这世界有些凝固,又有些沸腾
当我把夜幕召回,一切趋于安静
趋于灯光下藏匿的背影

起身

坐下,想构思一些词语
内心却一阵痉挛
开着灯,看不见光,眼前模糊
冬日已久,仍没有飘雪迹象
雪乡离武汉太遥远,没有呼应
一些词语已过时,再用不恰当
一些词语太前卫,总是没有合适位置
好了,我起身,把空间留给你
我出去,吹吹凉风
无所谓,只要把口罩戴上
就会百毒不侵

时间

时间的刻盘在虚无中
转动
形成有限的光阴
泥土溅在古猿身上
蜕变成人。喝着陈年老酒
在晨钟敲响的时候
岁月也一步步流逝
薄雾中
一切仿佛蒙上灰尘
一切都被固化
一切通向远古
想穿越吗
怎样穿越呢
没有答案

黄昏

浓厚的霾，布置在冷风中
一切都显得中规中矩

街灯半睁眼，暗淡的视线
拿捏着潮湿的楼宇
城市在喘气

我没有出行的欲望
在清除过往的日子，清除
一些淤积

你并不是天生残疾，不会
提起那些旧账

我相信老人的话

不再与无知较劲，不再发呆

黄昏，似乎是一段老话，一个
循环往复的论证。然而

恰巧就是这样：既灯光闪烁，
又夜色迷离。

春天来了

其实,你并没有看到本质、看到冬的意义
在 2019 年结束的时候,春天就来了

先前的努力在延续,在消解模仿、陈旧
冬季,在冰释前嫌,在一个新的历史节点

寒风中,那些纵横交错的沟壑
一次次被抚平,一次次露出前胸
有了战壕的气势

我们为人生赋予新意
赋予更为庄严的使命

春,就在眼前,在我们言谈举止间
朦胧而美丽

其实,真的没什么
当冰冷覆盖大地,幼芽正在破土
岁月静好。我们负重前行

黎明

时间被风吹到窗外
闹钟无声
挤进帘隙的光亮瞅瞅床上的人
又缩了回去
黎明是属于那些上班族的
一个退了休的老头儿
再不用操心一些机关事务
剩下的油盐柴米
说好了与你为伍
当570路公交车轰鸣声在窗外响起
你意识到
这又是一个黎明

电梯

过了青春期的电梯
已没了往日的冲动
上上下下的人生
似乎厌倦了
罢工是常有的事
我设想过关进电梯的多种自救方法
可那天到来时
还是求助于紧急救援电话
有时候
你不得不爱恨交加
而把它当作生活的一部分

闻到酒香就够了

人

风打在脸上
有些变形
有些不明就里

有时
转身
又是一个境界

四月
在三月之后
五月之前
还是有些寒凉

我们能改变季节吗

有些疼痛是与生俱来
是一种迁徙
是大自然恩赐

当你听到婴儿哭泣时
你才知道
成长的脐带一经断开
留下的
只有生命的悸动

闻到酒香就够了

雨夜

蒙蒙细雨
下在更深刻的夜晚

车轮无声碾轧着
倒影闪烁

流动的伞驱赶着黑暗
十字路口留下记忆

在这雨夜
生命蓬勃

前方高架桥像一柄闪光的利剑
刺向暗夜深处

五月（组诗）

儿 子

37 岁的儿子
37 岁生日
16 号,值得记住

生命,往往在一瞬间产生
而怀胎需要 10 个月等待

你祈祷过什么
比如健康,聪明,英俊,快乐
好吧,我们成全你
并给你我们的全部

不需要累赘,繁琐

做个简单的人
简单到只看体检报告
简单到平平安安

好吧,去撮一顿吧
想吃点什么,自己点

你们自己庆祝一下
即使小吃店,也会有合适的
菜肴

旧　事

15号,奶奶终于去了
去追寻爷爷的足迹

在地上没说完的话
在地下继续说
说吧,只有你们自己知道说些什么

24年了

奶奶去了那个地方

那年是你86岁高龄

驾鹤西去是怎样的体验

这已不再重要

山上的风很凉

这也不再重要

人间的新仇旧恨

喜怒哀乐

悲欢离合

都不再重要

重要的是

春种秋收

能留下些什么

奶奶走了

她把嘴角的春风

留了下来

雪

昨日，湖北神农架的一场雪
飘进了五月，飘进了不设防的山坳
这突如其来的寒流
让裙装有些尴尬，有些不知所措
季节不解风情。五月雪
飘然而至。没有魂魄
五月，成长的季节。所有的
疑惑被解冻，所有的意义被掀起，所有的绿
被选拔在高处。江河微澜
如果有记忆，五月雪只是一次轻佻
一次不疼不痒的流泪
剩下的，终将是坚硬的果核

游离

有时候,自己总是跟自己较劲
比如,你明知看不见远处的山
却总以为山就在眼前

"有时间吗,出去走走?"

下午两点半,或是三点
走在大街上。我们并没有目的
像是一种游离,在思维深处
你要说的话,有人替你说
往年的桃子,有人替你摘下

在这眼神碰撞的年代
手脚已失去原有意义
说话也显得多余

闻到酒香就够了

太阳有些西斜,人影是侧逆着的
高大的建筑物有一些倒影
坐下来,耳边总有些声音传来
听着像是存放已久的曲调
街市被不明的要素围困着
树木在变形

回到原点时
斜阳用疑惑的眼神打量我

拆

拆,是一个动词

一个全称肯定判断

拆的位置,离灵魂最近

离心只隔着一层皮肤

我们要躲避吗

是钢筋、水泥、瓦砾

似乎都不是

在汉语字典里

我们不必纠结某个字

甚至某个词

我们可以造句

可以形容得更加贴切

拆是一种弧度,一种跳跃

可以抬高市井的海拔

而在广袤的草原

闻到酒香就够了

拆,只是牧马人的
一声响鞭而已

疼

已疼到骨子里了
再疼,就不疼了

几十年过去,人老了,时间还是新的
还是要形容一些事物

其实,疼痛是与生俱来的
月光也无能为力

我努力地研读唐诗,咬文嚼字
唐人痴笑我:你懂几首呀

我不再为难自己

夜深人静时

闻到酒香就够了

我将拿出我珍藏已久的大红袍
沏上一杯

即使品不出味道,也要学着茶艺师的样子
去探求饮茶的精髓

武昌车站

老绿皮车驶出车站时
站台颤抖了一下

阳光薄了
铁轨叹了口气

没有四等小站的日子
山路更加弯曲

云累了
在车站广场休息

那些匆匆的脚步
留在了候车大厅

闻
到
酒
香
就
醉
了

阳光下
武昌车站虚脱了
它扛不住高速列车的抽搐

招手的
都是过客
时间在慢慢老去

你看那两鬓斑白的列车员
在凝视车站的一瞬

她是否又找回了
自己年轻时
那英姿飒爽的身影

小区即景

（组诗）

义务磨刀

生锈了的心
往磨刀石旁一站
瞬间明亮起来

磨刀人不像磨刀人
倒像个保安

他本来就是个保安

磨刀是他的手艺
几十把菜刀排在磨刀石旁
像是在等待他的调教
等待一次利刃的洗礼

闻到酒香就够了

"呼哧、呼哧"的磨刀声
惊飞了树上的几只麻雀
脸颊上留下的汗
润地无声

磨刀人磨十几个来回
就要用拇指试刃
看是否锋利
是否还有瑕疵
像是在打磨一件工艺品

在这个两三千人的小区
磨刀人认识的人寥寥无几
而许多人都认识磨刀人

认识磨刀人
是从认识他是保安开始的

免费理发

给老人围上围脖
理发师心里就有了规划
而这规划仿佛是小区规划的一部分

理发师的电剪在老人雪白头发上游弋
像是一种头部按摩和守护

理发师弯下身子
尽量靠近老人
是仔细
更是亲近

每推几下
理发师都要揣摩揣摩发型
像是揣摩一件正在雕刻的艺术品

理发师是小区门外个体理发户
是个三十多岁小伙
谈笑声中

闻到酒香就够了

你一定能感觉出这个"八〇后"的厚道……

解开围脖
老人仿佛年轻了许多

小区
也仿佛精神了许多

包饺子

大年三十包饺子
图的是个吉祥
几十人围在一起包饺子
就有了特别亲切的意义

天气很给力

微风
阳光温暖
广场上人头攒动

拿面皮的手
将肉馅包裹起来
像包裹住了来年的幸福

已点燃的两口大锅
水在沸腾
一板板饺子下锅
像是迎接春天的舞蹈……

最先端上的饺子
给了老人和孩子

飘着香气的饺子
为小区增添了喜庆

今夜星光灿烂
今夜

注定无眠

谷雨

它来了。武汉并没有激动。
阳光无聊,
在城市闲逛。套路太深。
香樟察言观色,
行人懒散,春在远去。
消息日渐消瘦。我不懂世界。
麦苗抽穗,村庄又老了一下。
炊烟飘不进武汉,飘不进一个雨滴。
没有谁关注土地的命运。
有的,只是逆光下簇簇的剪影。

灰月亮

月亮灰蒙蒙的
那些微不足道的事物
守住一刻的清晰,守住一个满月
一些奢望,在鞭炮声中归于湮灭
餐桌醉了。它的主人像是
经历了又一个轮回
鸟巢洞开。作为铺垫的
总是那些想象中的词语
月亮一次又一次地摇晃
漫天的铁屑飞舞
你还能看清什么
嫦娥,是想象中的美女
还是现实中的妖怪
能回答这个问题的人
好像还是不太自信

湿

高温不是唯一胜利者
那些惧怕高温的事物
总是以不同名义呼唤湿的到来

湿,具有渗透性,具有坚韧不拔的意志
那些敌视湿的事物,都是
在一个时间节点,败给了
自身的软弱

湿有着磁场般的能量,凡是
在这个范畴内,都有巨大吸引力

事实上,高温与湿相互渗透
你只关注一方,就会承担
另一方的严重报复

七级风

风来时,云开口说话
电线杆保持沉默

那些借风造势的事物
不顾山的低沉,跨入喘的河流

风来时气贯长虹,霾也俯首称臣
没有谁顾及树梢的颤抖

站在风中,人摇晃得厉害
眼前的事物正在变形

其实,七级风还是风,不是地震
风再大,一些约定俗成的东西
也不会改变

一些热词隐于清凉

盛夏,一些事物规避高温
也规避现实
那些春天的热词,都
隐于清凉,隐于不曾
发现的洞天

酷暑到来之际
北方的风,温柔了许多
而在南方
空调已失去意义

写诗越来越没信心
往日异常美丽的句子
都隐于
潮湿的洞穴

收购灵魂的人

在虚拟商品交换中
价值规律仍起作用
不过,价格还是有些背离

那些收购灵魂的人
也收购灵魂衍生品

成本是低廉的,代价是巨大的
收购与被收购往往是在一张纸间

收购者是谨慎的
有时候,一片树叶落下
也会打得头破血流

我没想过问收购之事

闻到酒香就够了

那是生意场上的交换
只是,灵魂收购了
都卖给了谁

在石板上钓鱼

你总想换一种活法
为此,你放弃了长长的
影子
当你走在灯光下的时候
没了同伴,变得孤单起来
然而,在你的身后
总有四面八方的风追随着
你总是那么自信
我喊你,像是在那遥远的
地方隔着,没有回音
很多时候
你的头和脚是分离的
当你在故宫参观时
双脚却已在渥太华的
大街上漫步

闻到酒香就够了

你习惯了这种分裂的生活
你喜欢垂钓,但并不亲近于水
夜深人静时,你拿起鱼竿
在石板上钓鱼
只做了一个简单的垂钓动作
许多鱼便跳进了你的脑海

傍晚

月亮懒洋洋的
它不愿看一眼人间万象

那无所事事的风
在街道游荡,形成盲流

街灯闪烁,与车灯交错
行人避开想象

烧烤以跳跃的褐色
挑战暗夜的底线

动感以满足的形式就范,城市
在夜幕笼罩下更富创造力

闻到酒香就够了

不可否认,我们都是自然的宠儿
都要赋予生命冲动

在这个有风的夜晚,目光
变得明亮起来

一个真实的故事

一只大黄蜂,被人为地切掉了头部
它摸索着用一双"腿"抱起头颅,飞走了

我想抱着自己的头颅赴宴,可惜人类
目前还没有达到这个水平

旷野

寒星稀疏时,旷野一片辽阔。
你听那虫鸣:凄冷,诡异
暗夜也装神弄鬼?
谁行走在旷野上?
打湿的双脚,能否踏过泥泞?
有时候
你真得佩服那些飞禽走兽。
而阳光是公平的
从不偷工减料。
我们需要时时关照自己
心累了,到空旷处歇歇
也就释然了。

自流

"阁中帝子今何在?槛外长江空自流。"
如果有缘,洪州都督还会回来
可那高阁呢,江水会为它沏茶吗

游鱼所到之处,水是静止的
浪花翻个身,听码头吟诗

我怕自己的心被虚无掏空
怕播种的手被土地遗弃
你看那片云,也会别出心裁地隐匿山中

我已与长江约定,在夏日的
某个午后,去追寻游鱼的身影
听江水诉说自己的过去
和未来

闻到酒香就醉了

老马

老马识途。真的吗
我看未必
一些马,倚老卖老
即使识途,也不归隐。
"古来存老马,不必取长途。"
杜甫是不主张老马长途跋涉的
累倒了,山道羞涩。

我们应当保持弹性
保持一种风度
灾难到来时,有时间做伴。
你真想跋山涉水吗
要是那样,我就在前方等你
等过了屏障,雾霭就会
慢慢退去。

润物

是夜,一些事物安静了。
如果有耐心,就应当
知道黑暗的价值。
没有谁能扯住风的腿、风的翅膀。
一切风平浪静,一切随缘。
润物。无声,无痕,无怨,无悔
在哪里发生,就在哪里结束。

芸藿

闻到酒香就醉了

一把锄头
替我在地里锄草
累了　汗从太阳上滴下

不知疲倦
风在北场打盹儿
一丝凉意
为庄稼梳头

你想到了什么

芸藿　是一种智慧
收获有些青涩

在唐朝

诗人王绩归隐东皋
世外桃源

用锄头除草
也流芳千古

有时候　诗不是写出来的
而是干出来的

捉人

天暗时,灯亮了
那些星星,以为人间没了黑夜,眨了眨眼
如果大地总是白昼
石头也不答应

有时候,纸上的事,在纸上解决
一种昏昏欲睡的感觉

夜捉人,这是杜甫对石壕村的描述
古往今来,有战事时
人性一定还原真相

我们不必太操心
在一个时间点,把光影格式化
一切都变得真实起来

万岁

万岁,对石头说
它不会在乎。
其实,思维不可穷尽
扭曲到极致
就出现惊喜。
"千秋万岁名,寂寞身后事。"
诗人,在生命之外重建庙宇
重建一个天地。
我们都是凡人
没有万岁之说
当假设成立时,请给我
一个理由,让我揪住风的尾巴
把愿望填满。

江鸟

江中的水鸟
变得深刻起来

那些毫无意义的浪花
在欢腾的一瞬
有些机智

你屈服于碗里的一个细节
水鸟屈服于泥沙

我需要打理渔船吗

在时间沉浮中
总有些钟摆偷听趣闻
总有些涂鸦不明就里

而柳枝拒绝轻浮

在和煦的阳光里
江面也宽阔起来

古来稀

闻到酒香就够了

人生七十古来稀
喝醉了,又是一个轮回
背离,在于信任
相逢源自猜测
我们能在水中勉励自己吗
人心不古时,孔子醒了
风吹草动时,大仙出门
你六十有余读唐诗,咬文嚼字
字碎了,香留下
奢侈,是说给路人听的
心里想的,永远只有
自己知道

翻手

冬天到来时,庄稼不再发育
如果农人仰望星空,寒冷也不会微笑
我抱虚无念经,方丈潮湿,袈裟干燥
庙宇移动手柄
你指鹿为马,把一切归咎于天命
归咎于前世今生
变幻,以神的名义,无须告知天地
支出勇气,只轻轻一跃
便十万八千里
"翻手为云覆手雨,纷纷轻薄何须数。"
若管仲与鲍叔牙转世,新诗
不妨鲜嫩

众山

在城里，山已离开多时了
脚下的泥，顽固不化
雨季到来时，没有回声
我不在山里长大，缺少野性
缺少一个男人应有的风度
冬季，月朗星稀时，寒是唯一的主人
那些光，流出的白，直刺心底
山，与坟头对峙，飞禽走兽去了远方
我们还能回到蒙昧时代吗
站在高山，看天下小
小到一个点，诗回归理性
此刻，在钢筋水泥上，我们，不妨
让它长出血肉，并赋予生命

月落

秋天,总有些事物是凉的
一些风,不违背伦理
而一些人,却没有去处
稻子熟了,需要一个等待
那些家雀,忘了去年的草垛
收割,在心头进行
镰刀,塑造更沉的垛
月落不闻乌啼,清冷不见冰霜
银色自称帝国
若张继还在,他能想象得到
今夜的长江又是什么景色呢

浮名

在尘世，我们需要一些温度
需要关照
那些季节的推手，在风歇息的一瞬
迅速改变习惯，倒向倾斜的山
血液里脂肪，凝固成尖锐棱角
刺向肉体真身。空气在堕落
灵魂从粪坑捞起，变黑
浮名，一座沉重的法器
一把生锈的刀。戳向一个既然
弯曲，断裂，沉入淤泥

一片花飞

春天老了,一些花不再妖艳

那些向往早春的人,捡起

一滴温热,投入更深的凉

有人在江边吃酒,没有对饮者

没有风吹杨柳的传说

如果春雨潇潇,一定是

一个黄道吉日,一场初恋

花飞是轻盈的,风飘万点也不愁人

倒是稻田的蛙鸣,让我想起了

一些作物的栖息地

旧物

闻到酒香就醉了

飘雪的季节,一些隐喻都被忽略
那些油腻的白,不被识破,不被冰冻聚拢
街道坚挺,脚步留下尺寸。谁在回望前世
气质老了,建筑犹新,广告没有脊梁
高架拉长民居,蒸汽仰望天空
你撕下那层隔膜,漂白自身,伪装一段奇迹
我居住内心,打理一些瓷器。只是那本
中国通史,已成为旧物

雪花回家

回家的路
打了个结
又绕了回去

雪花,像是东北自家的孩子
再远,也是要回去的
回到"小鸡炖蘑菇"的地方

我们每年冬季都在迎接雪花
可又有几回如愿以偿

在武汉
我已三年未见雪了
未见"白雪皑皑"的景色
冷,却以干练著称

闻到酒香就醉了

雪花回家
早已成为奢侈的大概率事件

可,无论如何
雪花还是善解人意的
只要它落下
就注定不愿离开这片
久违的土地

空椅子

有些东西
肉眼看不出它的重量
比如人的灵魂
比如人的灵魂中的色彩

一把空椅子
你能精确看出它所承载的重量吗

在没人坐的时候
它承载的重量可以忽略不计
在有人窥视它的时候
它承载的重量可能会增加
当有人坐上去
它承载的重量是不是等于这个人
身体的重量——很难说

闻到酒香就够了

椅子上的人一摇三晃
重量会不会改变——也难说
坐在椅子上的人走了
椅子是不是恢复了原来的重量——
不知道

其实,"空椅子"是个伪命题
椅子空着,总会有人坐的

渔火

渔火,不再有更深刻的目光
夜色如果降临,江花也停止呼吸
那些星星点点的灯,
不再大声喘息,不再导航
渔火已成为传说,成为经典
我们不再舟车劳顿,不再为夜泊发愁
每日悲欢,都是江面的事,都有一个说辞
其实,渔火有更深刻的演绎
当游鱼潜入观照的底部
一些抽象的水滴,都将返回
荒凉的沙滩

射马

骑在马上,云也要让开一条道
让开哀怨
如果不是骑士,马蹄就没有印记
牧马人,让战乱留在心底
剩下的,就是牧草,血色的气息
月圆有泪,天蓝水肥
暴风骤雨时,蚂蚁醒着
射人先射马
最先亮出底牌的,出手阔绰
有时候,箭射在钢板上
也能钻出个窟窿

格格

你总是那样矜持
站在我的对面,沉默不语。
我每天见到你,都觉得你的脸在发烧
羞涩,略带腼腆。你在期待什么?
你总是默默地注视我。你想说些什么?
你把自己装扮成格格的模样。其实
格格也就是一种称谓。
清朝把处女也叫格格。
你为什么要这样呢?
你那旗头,那旗袍,那高底旗鞋
你那纤纤步姿——
有必要那么稳重、那么文雅?
现在是网络时代,你还怀念清初?
还珠格格只是一个故事
那是少女的一场春梦。

闻到酒香就夠了

你想永久地沉浸在那个虚构的梦里吗？
格格，我期待你什么呢？

假如你在电视柜上消失了
我会觉得那里缺少点什么……

后记

诗歌的『完结』与传承

想来还是有些幼稚。"一切好诗,到唐已被做完。"(鲁迅语)有人竭力考证过,现存唐诗五万三千多首、作者三千七百多人,即使精选出一万首来,也够你研读上几年、十几年;还不说现当代国内、国外那么多诗歌大师的精品力作摆在那儿。在这种诗歌场域,你再拼了命似的作诗,岂不是搬起石头砸自己的脚、拿着鸡蛋往石头上碰?

这话听起来似乎有些道理。好诗已被作完,已被载入史册,已成为修炼的蓝本,何必再挑灯夜战、再做那么多无用功?但鬼使神差,有时候所谓的"灵感"来了,就又不自主地打开电脑,废寝忘食地敲打起来;在许多时候,甚至都是在手机上直接写作。明知不必为而为之,何苦呢?

其实，有些事是可以琢磨的。创作是人类大脑已有的功能，只要是思维正常的人，都可以创造出一些东西，关键看你的"意愿"在哪里凸现。有时候，兴趣会成为创作的推进器。

还是要来点辩证法。我们仰慕大诗人这没错，我们模仿、学习大诗人也没错。但仅仅停留于此，这就有些说不过去了。人类的生命是不断延续的，人类历史是不断"流动"的，事物更是不断发展变化的。因此，接续"完结"了的诗歌创作，总是一个万古常新的命题。从哲学角度说，绝对"静止"没有道理。

创作是一种意志。首先是灵感。灵感是必须的，没有灵感就没有创作。但灵感需要启动，需要赋予"翅膀"。只有意志坚强的人才能发动灵感，才能引导自己走出创作误区。诗歌需要创新，不创新诗歌之树就会枯萎，就会迷失于"八卦阵"。创新不是随便地"制造"句子，不是随心所欲地"搬弄"词汇，而是要讲究诗歌创作的"套路"，讲究根脉。

传承是一种精神。中国是个文明古国，中国诗歌源远流长。几千年来，中国诗歌几经发展，涌现出一大批诗歌大家；近百年来，新诗的进步也有目共睹、群星荟萃。这本身就是传承的结果。传承是自然的,又是艰辛的,它需要一种强大的内生力量支撑,需要一种锲而不舍的精神。传承是在更高起点上的"接续",是一种创造性劳动。我钦佩那些为传承中国诗歌而孜孜不倦、呕心沥血的诗人和其他诗歌工作者。有了你们,中国诗歌才发扬光大、熠熠生辉。

其实,传承一直都在继续。我敬畏那一代又一代的诗歌大家,他们实际上发挥了承上启下的重要功能。作为诗歌热爱者,我们不努力无论如何都说不过去。是的,一个人的力量是有限的,但众多人的"有限"就会成就"无限"。当你经过千辛万苦的艰难跋涉而攀登上了诗歌的"悬崖峭壁",你会发现,一道彩虹就在眼前。

弋兴海

2022 年 6 月于武昌